AF296421

LE
BARON ALLEMAND,

OU

LE BLOCUS DE LA SALLE A MANGER,

Comédie-Vaudeville en un Acte,

DE MM. GABRIEL ET ARMAND,

REPRÉSENTÉE POUR LA PREMIÈRE FOIS
SUR LE THÉATRE DES VARIÉTÉS, LE 10 OCTOBRE 1826.

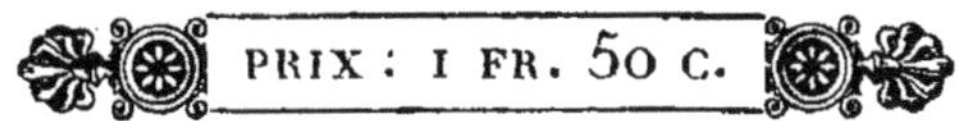

PRIX : 1 FR. 50 C.

PARIS,

AU MAGASIN DE PIÈCES DE THÉATRE,

CHEZ DUVERNOIS, LIBRAIRE,

COUR DES FONTAINES, N° 4,

ET PASSAGE D'HENRY IV, N°ˢ 10, 12 ET 14.

1826.

<table>
<tr><td>PERSONNAGES.</td><td>ACTEURS.</td></tr>
<tr><td>LE BARON DE GUERREMBERG, vieux général allemand, d'un caractère original; il est goutteux.</td><td>M. BOSQUIER-GAVAUDAN.</td></tr>
<tr><td>FERDINAND, son neveu, capitaine de hussards.</td><td>M. ARNAL.</td></tr>
<tr><td>STÉPHANIE, fille du baron.</td><td>Mlle PAULINE.</td></tr>
<tr><td>SCHLAG, ancien caporal allemand, concierge du château du baron; il a une jambe de bois.</td><td>M. ODRY.</td></tr>
<tr><td>TRIM, hussard de service auprès de Ferdinand.</td><td>M. FARGUEIL.</td></tr>
<tr><td>CHIPPMANN, prêteur d'argent et entrepreneur de fêtes.</td><td>M. BRUNET.</td></tr>
<tr><td>UN CUISINIER PARLANT.</td><td>M. GEORGES.</td></tr>
<tr><td>Trois piqueurs.</td><td></td></tr>
<tr><td>Quatre cuisiniers.</td><td></td></tr>
<tr><td>Quatre jardiniers.</td><td></td></tr>
<tr><td>Deux domestiques du baron.</td><td></td></tr>
</table>

La scène est à Presbourg, dans l'hôtel du Lion.

IMPRIMERIE DE VICTOR CABUCHET,
RUE DU BOULOI, N° 4.

LE
BARON ALLEMAND.

Le Théâtre représente une salle à manger, dans le style gothique, avec deux portes latérales, et une croisée au second plan, à gauche; sur le devant un grand fauteuil et une table avec des journaux.

SCÈNE PREMIÈRE.

TRIM, CHIPPMANN, *coiffé avec des ailes de pigeon.*

CHIPPMANN.

Monsieur Trim, je me rends aux ordres de votre capitaine; aussi bien, je devais venir ce matin pour régler nos comptes et m'informer si son oncle le vieux baron de Guerremberg...

TRIM.

J'ai de bonnes nouvelles à vous communiquer.

CHIPPMANN.

Le général, qui passe pour être l'Allemand le plus entêté, consentirait-il à payer les dettes de son neveu?

TRIM.

Du tout.

CHIPPMANN.

Alors, je ne vois pas la bonne nouvelle....

TRIM.

Apprenez que le baron de Guerremberg, dont vous connaissez la réputation militaire, fut aussi fameux par ses exploits galans. Mais la vieillesse vint mettre un terme aux folies du général..... vous savez qu'elle marche au pas redoublé, ayant presque toujours la goutte à l'avant-garde; aussi c'est pour tâcher de faire lâcher prise à cette dernière, qu'il arrive aujourd'hui à Presbourg consulter les médecins: il doit descendre ici même, à l'hôtel du Lion.

CHIPPMANN.

Ah! je commence à voir la bonne nouvelle, et alors je puis espérer.....

TRIM.

Que vous serez payé .... je le crois bien! d'ailleurs, c'est une justice à vous rendre, rien ne nous manque ici : mon capitaine y donne des fêtes, des bals, des dîners à tous ses amis, et grâce à vous, tout est servi avec une profusion.....

CHIPPMANN.

C'est que le capitaine est d'une galanterie!.... On voit bien qu'il a habité la France.

TRIM.

Il dépense beaucoup.

CHIPPMANN.

Et paie très-peu.

TRIM.

Promet de l'argent toujours.

CHIPPMANN.

Et n'en donne jamais.

TRIM.

C'est une éducation toute française..... Mais tenez, le voici.

SCÈNE II.

LES MÊMES, FERDINAND.

FERDINAND *gaîment.*

Hé, c'est l'intendant de mes menus-plaisirs.

CHIPPMANN.

Monsieur le capitaine, j'ai reçu votre billet au moment où j'allais venir pour.....

FERDINAND.

Je parlais de vous il n'y a qu'un instant, je disais : vive M. Chippmann pour bien organiser une fête.

CHIPPMANN.

Je suis unique, j'ose m'en flatter, c'est moi qui ai dirigé celle que ce gros banquier allemand a donnée la veille de sa faillite.

FERDINAND.

J'en ai beaucoup entendu parler. Ici c'est différent.

CHIPPMANN.

Je comprends.... Vous voulez recevoir, comme la dernière fois, tous les jeunes officiers de la garnison, et donner un bal aux plus jolies femmes de la ville! C'est de votre âge..... Çà me rappelle mes beaux jours.

AIR : *Un homme pour faire un tableau.*

Jadis, on me voyait souvent
De la beauté suivre la trace.

Rayonnant et papillonnant,
J'étais un petit Lovelace.
Je mettais mon ambition
A captiver toutes les belles;
J'étais tendre comme un pigeon.

FERDINAND

Vous en avez gardé les ailes. (*bis.*)

Comme vous dites, c'est une fête que je veux donner.

CHIPPMANN.

Je vais d'abord orner les appartemens dans le dernier goût. Mais avant tout, capitaine, je désirerais savoir de vous-même si votre réconciliation avec votre oncle.....

FERDINAND.

Je lui ai écrit d'une manière si pathétique, si raisonnable; je lui ai parlé avec tant d'intérêt de vous, Monsieur Chippmann, et de plusieurs honnêtes usuriers qui m'ont aidé à soutenir le beau nom de Guerremberg; je lui ai exprimé avec tant de chaleur l'amour que m'inspire Stéphanie! « Mon neveu, je « t'accorde ma fille; je paie tes dettes, et te nomme mon « unique héritier. » Voilà la réponse de mon oncle.....

CHIPPMANN.

Ah! à la bonne heure.

FERDINAND, *continuant.*

Voilà la réponse de mon oncle, que j'attends depuis huit jours, et qu'il doit venir m'apporter lui-même.

TRIM.

Hé bien! j'espère que c'est de l'argent comptant.

SCHLAG, *dans la coulisse.*

Holà! hé! la maison! le maître de l'hôtel!

TRIM, *remontant la scène.*

Je ne me trompe pas, c'est le courrier de votre oncle, le concierge de son château.

SCÈNE III.

LES MÊMES, SCHLAG, *s'appuyant sur une béquille.*

FERDINAND.

Hé! c'est toi, mon vieux Schlag! Comment se porte mon oncle? mon respectable oncle? J'espère qu'il arrive?

SCHLAG.

Ya, ya, on va apporter lui, ma capitaine.

FERDINAND.

Comment, on l'apporte?

SCHLAG.

Ya, l'oncle être furieux, diablement colère depuis qu'on a fait verser son carrosse.

FERDINAND.

Tu m'effrayes!

SCHLAG.

Tartef! si vous aviez vu, tout à l'heure, en détournant le petite ruelle, nous rencontrons une grosse voiture... patatras...

FERDINAND.

Le baron serait-il blessé?

SCHLAG.

Pas le moindre mal.

FERDINAND.

Et quelles étaient les autres personnes.

SCHLAG.

Moi d'abord, et Mlle Stéphanie.

FERDINAND.

O ciel!

SCHLAG.

Qui n'afre pas la plus petite égratignure; il n'y a que moi qui avoir une jambe cassée.

EFRDINAND.

Une jambe cassée?

SCHLAG.

Ya, mais j'en avais une autre dans le voiture, et çà a été raccommodé tout de suite.

TRIM.

Alors, çà marche.

SCHLAG.

Mais la général quand il est sorti de son berline, il est entré dans un accès de colère, qui lui afre causé un accès de goutte, et il être forcé, en entrant, de faire arrêter lui dans le salle basse.

CHIPPMANN.

Fâcheux contre-temps!

FERDINAND.

Rassurez-vous; malgré cet accident mon oncle n'en est pas moins disposé à solder le compte en question. Tous les jours on culbute et l'on paie.

CHIPPMANN.

En ce cas je vais me présenter à lui.

FERDINAND.

Vous lui donnerez peut-être bien le temps de respirer.

CHIPPMANN.

J'attendrai encore un peu; mais je vais, si vous le permettez, vous donner mon cinquième mémoire, et prendre vos conseils pour le plan de cette nouvelle fête.

FERDINAND.

Je m'en rapporte à vous.

CHIPPMANN.

Vous me pardonnerez; je sais que vous avez un goût exquis; et je veux vous consulter.

FERDINAND, *à part.*

Il faut m'en débarrasser à tout prix. (*haut*) Tenez, entrez dans ce cabinet, vous y trouverez tout ce qui vous est nécessaire.... j'irai bientôt vous rejoindre. (*Il le pousse dans le cabinet.*)

SCÈNE IV.

LES MÊMES, EXCEPTÉ CHIPPMANN.

FERDINAND.

Dis-moi, mon vieux camarade, mon oncle refuse-t-il encore de me voir?

SCHLAG.

Ya.

FERDINAND.

Et crois-tu qu'il paie?

SCHLAG.

Nix, li être sévère comme une salle de discipline.

FERDINAND.

Conçois-tu l'entêtement du général? entouré de nos soins, que manquerait-il à son bonheur, nous avons les mêmes goûts.

SCHLAG.

Ya; il aime la guerre, et vous vous battez bien.

TRIM.

Il aime la musique, vous lui dédiez vos romances.

FERDINAND.

Il aime sa fille, je l'adore..... A propos, dis-moi, a-t-il conservé sa manie de se croire au milieu des camps; pose-t-on encore des sentinelles dans l'antique château de Guerremberg; fait-on toujours des rondes de nuit?

SCHLAG.

Ya, toujours, ma capitaine.

AIR : *Je suis colère et boudeuse.*
Votre oncle est toujours le même,
Il ne rêve que combats,
Et son plaisir est extrême
Quand il peut voir des soldats.

Forcé d'être sédentaire,
Il a mis dans son château
Tout sur un pied militaire;
Aussi c'est un beau tableau.
Souvent notre ardeur l'enflamme;
Il nous fait manœuvrer tous;
Depuis qu'il n'a plus de femme,
Il fait la guerre avec nous.
Son intendant plein d'audace,
Guid' les soldats près du fort.
Lui commande dans la place,
Moi, je suis l'état-major.
La générale est battue,
La bataill' va commencer;
L'on s'attaque, l'on se tue,
Mais toujours sans se blesser.
Le carnage est effroyable,
Et quand on a cessé l'feu,
Tous les morts vont s'mettre à table,
Pour se restaurer un peu. (3 *fois*.)

FERDINAND.

Il a beau faire, il me pardonnera, il paiera; je l'ai juré, et,
si ce n'était le respect que je lui dois, je me serais déjà battu
avec lui.

SCHLAG.

Ah! par exemple, ma capitaine.

FERDINAND.

Pour le forcer à me rendre son amitié.

SCHLAG

Si c'est pour çà, à la bonne heure. (*à part.*) Ce jeune
homme, il a des sentimens distingués. (*haut*) Je vais rejoindre
la général.

FERDINAND.

Un moment.

SCHLAG, *en sortant.*

Che ne peux pas, parce que le général il ne peut pas se passer de Schlag, il faut que je sois là pour le recevoir.

SCÈNE V.

FERDINAND, TRIM.

FERDINAND.

Que faire? mon oncle sera ici dans un instant.

TRIM.

Si vous m'en croyez, nous ne brusquerons pas l'attaque.

FERDINAND.

C'est fort bien; mais si mes juifs se présentaient.... Ah! si je pouvais, avec de légers à-compte, les tenir en haleine pendant huit jours encore! Je vais m'adresser à quelques amis.

TRIM.

C'est ça ; pendant ce temps, moi j'agirai suivant les circonstances. Allons, corbleu, de la tête et du cœur.

(*On entend du bruit en dehors.*)

FERDINAND.

On vient, c'est mon oncle.... sauvons-nous. (*Ils sortent.*)

SCÈNE VI.

LE BARON, *soutenu par* SCHLAG *et un* DOMESTIQUE ; STÉPHANIE *cherche aussi à le soutenir. Ils entrent par le fond. (Le baron doit avoir une mise originale. Habit vert à Brandebourg, culotte rouge, une de ses jambes est garnie de fourrures.*)

LE BARON.

Doucement, morbleu, doucement. (*à Schlag , qui cherche à l'asseoir dans un fauteuil.*) Attends, attends, qu'est-ce que tu fais là ?

SCHLAG.

Ma général, che être l'aile gauche, et che cherche à soutenir le centre.

LE BARON , *s'asseyant.*

Ah! ah! monsieur mon neveu, vous habitez cet hôtel ; nous campons sous la même tente, cela ne sera pas, corbleu! Je veux lui disputer la place et rester maître du terrain.

SCHLAG.

Si vous aviez pu voir, il n'y a qu'un instant toute la chagrin du capitaine.

LE BARON.

Paix !

AIR : *vaudeville du passe-partout.*

J'ai défendu qu'en ma présence
On prononcât son nom ;

STÉPHANIE.

Mais cependant,
S'il vous prouvait son innocence.

LE BARON.

Impossible ; un extravagant.

STÉPHANIE.

Il faut au moins qu'il puisse se défendre ;
Écoutez-le sans vous mettre en courroux.

LE BARON.

Je n'ai pas le temps de l'entendre;

STÉPHANIE.

Si vous voulez, je l'entendrai pour vous. (*bis.*)

LE BARON.

Parbleu ! c'est inutile; ses actions parlent assez d'elles-
mêmes; où trouverait-on un jeune homme plus dérangé ?

STÉPHANIE.

Mon père, la colère irrite vos douleurs; vous m'avez per-
mis de vous le rappeler; si j'osais. (*Elle le caresse.*)

LE BARON.

Pas de surprise, s'il vous plaît, Mademoiselle, pas de surprise, cela n'est pas de bonne guerre. Non, vous dis-je, je ne
veux pas qu'il paraisse devant moi.... Schlag, je consigne le
capitaine.

SCHLAG.

Ya, ma général.

LE BARON.

Je ne veux voir que le médecin pour ma goutte, et le maître
d'hôtel pour mon dîner.... Un fou, un étourdi, qui n'a que
vingt-cinq ans, trois campagnes et cinq blessures, et qui songe
à se marier.

Air *du vaudeville des Scythes et des Amazones.*

J'en conviens, il serait sans doute
Un bon soldat, mais non pas un mari ;
Je sais qu'il peut franchir une redoute ;
Je sais comment il charge l'ennemi. (*bis.*)
Je sais aussi qu'il rit sous la mitraille ;
Bref, ce serait un époux excellent,
Si l'hyménée était une bataille....

SCHLAG.

L'hymen pourtant y ressemble souvent. (*bis.*)

STÉPHANIE.

Moi, mon père, je pense qu'un bon militaire doit toujours
faire un bon mari.

SCHLAG.

Ya, à cause de la tactique.

STÉPHANIE.

Donnez-le-moi pour époux, et je réponds de lui.

LE BARON.

Tu réponds de lui.... Mais moi, comme je ne réponds pas
de toi, tu vas d'abord rentrer dans ton appartement.

(*Il l'embrasse et elle sort.*)

SCÈNE VII.

LE BARON , SCHLAG.

LE BARON.

A nous deux, mon vieux Schlag. Approche-moi cette table,
que je voie les journaux. (*Il en prend un.*) Ah! les Petites-
Affiches. Bon, celui-là.... très-bon.

AIR : *vaudeville de la Somnambule.*

J'ai toujours trouvé cette gazette
Rédigée avec art et talent.
On y voit les maisons qu'on achète;
On y voit les hôtels que l'on vend.
Tous les faits que ce journal recueille
Sont exacts et sont tous attestés;
Sans mentir, aujourd'hui c'est la feuille
Qui contient le plus de vérités.   (*bis.*)

Lis, mon garçon.

SCHLAG.

C'est que je suis diablement recrue pour la lecture.

LE BARON.

C'est égal.

SCHLAG, *lisant.*

« Avis.... J'ai la goutte (*s'interrompant*). Li être bien vous,
ma général. (*continuant*) « J'ai la goutte, et cent mille florins
« de rente ; depuis long-temps je ne puis faire usage d'une
« de mes jambes ; j'assure la moitié d'une année de mon re-
« venu à celui qui parviendra à me faire marcher sans le se-
« cours de personne.... »

LE BARON.

C'est cela, et plus bas j'indique que depuis le 11 jusqu'au
25 on me trouvera à Presbourg, dans l'hôtel du Lion.

SCHLAG, *souriant.*

Ma général, moi faire une réflexion : Cinquante mille
florins, pour guérir vous de la goutte.... cinquante mille
florins pour guérir la neveu de ses créanciers, et la marier à
Mlle Stéphanie.... Voilà l'an de revenu employé à mon fan-
taisie. Tartef !

LE BARON, *s'échauffant.*

Schlag ! (*Schlag se redresse en collant ses bras contre
ses cuisses.*) Front ! attention. Fixe ! Transportez-vous au
quartier du capitaine ; dites-lui que sous aucun prétexte il
n'ait à se présenter devant moi ; qu'il renonce à Stéphanie,

s'arrange avec ses créanciers, et aille au diable... Demi-tour, droite, pas accéléré, marche. (*Schlag exécute tous ces mouvemens, et sort.*)

SCÈNE VIII.

LE BARON, *seul.*

Je ne veux plus m'occuper que de ma santé, et si, comme je l'espère, mon annonce attire ici tous les médecins de la ville...

SCÈNE IX.

LE BARON, CHIPPMANN *sortant du cabinet.*

CHIPPMANN, *sans voir le baron.*
Je crois que cette fête me fera autant d'honneur que la dernière! Nous disons, quatre violons et un flageolet pour le bal....

LE BARON.
Eh! mais, ne serait-ce pas déjà un des docteurs du pays?

CHIPPMANN, *à part en se retournant.*
Ah! mon dieu! et moi qui ne voyais pas!... Je gagerais que c'est l'oncle. (*haut*) Est-ce au baron de Guerremberg que j'ai l'honneur de parler?

LE BARON.
C'est moi-même, Monsieur, vous savez pourquoi je ne me lève pas?

CHIPPMANN.
Oui, général; j'ai appris que vous étiez malade.

LE BARON.
Soyez le bien-venu, et daignez vous asseoir.

CHIPPMANN, *prenant un siége.*
Il est fort honnête.

LE BARON.
Vous êtes le premier, Monsieur, et je vous remercie de l'empressement que vous avez mis.

CHIPPMANN.
Ça ne m'a pas coûté du tout, je vous assure. (*à part*) Je vois ce que c'est, il attend tous les créanciers de son neveu....

LE BARON.
Vous savez que j'ai promis cinquante mille florins.

CHIPPMANN.

Cinquante mille florins! M. le baron, je n'en demande pas tant.

LE BARON.

Il se peut; mais moi, je vous les donne, et c'est moi qui serai encore votre débiteur; il faut bien payer l'intérêt que l'on prend....

CHIPPMANN.

L'intérêt! dans notre état, nous sommes bien obligés....

LE BARON.

Mais, permettez, vous ne les tenez pas encore; j'y mets une condition.

CHIPPMANN.

Général, quand vous m'aurez expliqué....

LE BARON.

C'est que vous me guérirez ma goutte.

CHIPPMANN.

Comment, vous guérir!

LE BARON.

Oui, c'est assez clair; c'est alors que je vous paierai, sinon, rien de fait.

CHIPPMANN.

Vous m'avouerez, général, que voilà une singulière condition.

LE BARON.

AIR : *du Ménage du garçon.*

Guérissez-moi sans plus attendre ;
Pous vous mes florins sont tout prêts.

CHIPPMANN.

D'honneur, je n'y puis rien comprendre ,
Monsieur, je ne guéris jamais. (*bis.*)
C'est la première fois, je gage,
Qu'on exige cela de moi.

LE BARON, *à part.*
Voilà, si j'en crois son langage,
Un médecin de bonne foi. (*bis.*)

SCÈNE X.

LES MÊMES, TRIM, *il entre par le fond sans être vu.*

TRIM, *à part, en témoignant beaucoup de surprise.*
Que vois-je! M. Chippmann en tête-à-tête avec le général... frappons les grands coups. (*Il entre dans le cabinet à gauche.*)

LE BARON.

Pour un médecin, vous êtes bien modeste.

CHIPPMANN.

Pour un médecin! ah! permettez, il y a un quiproquo; je ne suis pas médecin.

LE BARON.

Vous n'êtes pas médecin!

CHIPPMANN.

La preuve, c'est que vous pouvez guérir tant que vous voudrez; çà m'est égal.

TRIM, *s'avançant l'air épouvanté;*
il a un papier à la main.

Arrêtez! arrêtez!

CHIPPMANN.

Qu'est-ce qu'il y a donc?

TRIM.

Ah! général! si vous saviez; le capitaine.... Pauvre jeune homme!

LE BARON.

Je ne veux pas le voir.

TRIM.

Chut, il peut vous entendre.

LE BARON.

Je le voudrais.

TRIM.

Il est là, dans l'appartement à côté; sa résolution est bien prise; sa montre et ses pistolets sont sur la table. Je ne puis, m'a-t-il dit, vivre sans ma cousine, sans l'amitié de mon oncle.... Voici l'état de mes dettes, et son consentement à mon mariage; supplie-le de prendre la peine de signer.

LE BARON, *s'échauffant.*

Corbl...!

TRIM.

Ah! général, ne vous emportez pas (*allant au cabinet à gauche.*) Mon capitaine, attendez encore, au nom de votre cousine, au nom d'un oncle qui vous aime....

LE BARON.

Qu'est-ce que tu dis?

TRIM.

Oui, général, vous l'aimez.... Cent fois vous avez dit avec orgueil: J'aurais fait là ce qu'a fait mon neveu; vous lui avez envié ses blessures. Hé bien, tout est perdu si vous ne signez.

LE BARON, *plus en colère.*

Mille escadrons, m'expliqueras-tu?...

TRIM, *retournant au cabinet.*

Mon capitaine, la colère de votre oncle s'apaise; il va signer.

LE BARON.

Jamais !

TRIM ET CHIPPMANN.

AIR : *Prenez d'abord l'air bien méchant. (d'Adolphe et Clara.)*

A sa jeunesse, pardonnez,
Daignez vous rendre à nos instances

LE BARON.

Je n'entends rien...

CHIPPMANN.

Monsieur, signez,
Ou bien je perdrai mes créances.

LE BARON, *pendant la ritournelle.*

Comment un créancier !

TRIM, *continuant l'air.*

Donnez-lui, pour combler ses vœux,
Moitié de valeur intrinsèque;

CHIPPMANN.

Et surtout n'allez-pas, morbleu,
Laisser mourir votre neveu,
Car je n'ai pas d'autre hypothèque. (*bis.*)

LE BARON.

Lui pardonner, quand je n'ai jamais eu plus d'occasion de me mettre en colère, quand je me rappelle tous les tours qu'il m'a joués.

TRIM, *regardant le cabinet.*

Toujours la même attitude; l'œil sur sa montre et la main sur ses armes; il semble encore me dire : Il est six heures moins dix minutes; à six heures il faut que tout soit terminé.

(*Ici Ferdinand entre par la porte à droite.)*

LE BARON, *furieux.*

Bas les armes, capitaine, entendez-vous, bas les armes : un Guerremberg serait mort autrement que devant l'ennemi! je vous défends de vous tuer.

CHIPPMANN.

Si vous désobéissez, l'on vous déshérite. (*tirant sa montre.*) Dieux, six heures !

TRIM.

Il est perdu !

LE BARON, *d'une voix forte.*

Arrêtez! (*à part.*) Allons, morbleu, il faut céder. (*Il prend la plume pour signer; en se retournant, il aperçoit Ferdinand.)*

Le capitaine! ah! les fripons!

AIR *du Renégat.*
J'étais leur dupe! qu'ai-je vu?

CHIPPMANN , *à part.*
Ce n'est pas un homme inflexible.

TRIM , *à la porte du cabinet*
Capitain' je l'avais prévu ,
Votre oncle est bon, il est sensible.

(*Regardant le baron qui écrit.*)
Tout est signé, il vous a pardonné.

LE BARON , *à part.*
A me venger je suis déterminé.

(*Parlant.*) Tiens , Trim , donne cela à mon neveu.

TRIM , *continuant l'air.*
Ah! Monsieur, je vous remercie,
Aux maux vous savez compatir.

LE BARON.
Dis-lui bien que toute sa vie
Il en garde le souvenir.

TRIM ET CHIPPMANN , *ensemble.*
Toute la vie
Il en gard'ra le souvenir.   (*bis.*)

LE BARON.
(*Il appelle.*) Schlag! (*Schlag paraît.*) Conduis-moi
dans mon appartement. (*à Trim.*) Et toi, n'oublies pas de
dire au capitaine que j'éprouverai toujours beaucoup de plaisir
à l'obliger ainsi. (*Il sort , soutenu par ses gens.*)

SCÈNE XI.

CHIPPMANN , TRIM , FERDINAND.

TRIM.
Quand je vous le disais, capitaine, j'étais sûr qu'il paie-
rait,

FERDINAND.
Cela va contenter bien du monde ; allons, M. Chippmann
où sont vos mémoires.

CHIPPMANN.
M. le capitaine, ai-je jamais témoigné la moindre inquié-
tude ?

FERDINAND.
N'importe , vous n'avez qu'à vous présenter chez l'intendant ou le banquier du général. (*Il va s'asseoir près de la
table et prend le journal.*) Que vois-je! le nom et l'adresse
de mon oncle , écrits en grosses lettres dans un journal !

CHIPPMANN.

Quel aimable homme que ce général ; un peu brusque ; mais il rachète cela par tant d'autres qualités ; voyons, je ne serais pas fâché de connaître son style (*il lit*). « Je ne paie pas les « dettes de mon neveu, et je lui refuse la main de Stéphanie. « *Signé* le baron de Guerremberg. » Est-il possible !

TRIM.

Allons donc, Monsieur Chippmann, pas de mauvaises plaisanteries.

CHIPPMANN.

Je ne plaisante pas. Tenez, lisez plutôt.

TRIM.

Capitaine, votre oncle refuse de payer.

FERDINAND, *jetant les yeux sur le papier.*

Qu'est-ce que tu dis-là.... Oui, mais il y a un post-scriptum. (*lisant.*) « Nous enjoignons au surplus à notre cher neveu » Notre cher neveu, mes amis. « De quitter sur-le-champ cet « hôtel, que nous avons loué en totalité. »

CHIPPMANN.

Je suis prêt à me trouver mal.

FERDINAND, *continuant.*

« Toutes les personnes attachées à l'hôtel me prêteront main « forte pour mettre le présent ordre du jour à exécution. »

TRIM.

Çà fera de beaux soldats.

FERDINAND.

Allons, mon oncle se forme, et ce tour là vaut tous les miens ; mais je viens de lire un certain article dans ce journal. (*Il le prend.*) « Cinquante mille florins à celui qui parviendra « à me faire marcher. » Si je pouvais !..... vous serez payé, M. Chippmann.

AIR : *Comme il m'aimait.*

Il marchera. (*bis.*)

CHIPPMANN.

Monsieur, permettez que j'en doute.

FERDINAND.

Il marchera. (*bis.*)
Je sais bien qu'il se fâchera.
Avant ce soir ; coûte qui coûte,
Mes chers amis, malgré sa goutte,
Il marchera. (*4 fois.*)

TRIM.

Même air.

Il marchera. (*bis.*)
Pour lui votre amour est extrême.

Il marchera.   (*bis.*)
Je crois qu'il vous doit bien cela.
Secondant votre stratagème,
Quand j'devrais le porter moi-même,
Il marchera.   (*4 fois.*)

FERDINAND.

Que l'intérêt commun nous réunisse.

CHIPPMANN.

Voilà le plan de la nouvelle fête que vous voulez donner.

FERDINAND.

A merveille ! redoublez de zèle ; que tout soit prêt pour demain ; je veux que le général ouvre le bal, et que ma cousine
en fasse les honneurs.

CHIPPMANN.

Daignez m'expliquer ?.....

FERDINAND.

Ah ! mon cher oncle, vous me déclarez la guerre ; vous
commencez les hostilités. Hé bien, nous vous répondrons.

TRIM.

C'est-çà, une bataille aujourd'hui, et un bal demain.

FERDINAND.

Mon oncle aime à se battre et à bien dîner, voilà deux
points qu'il ne faut pas oublier.

TRIM.

Les soldats ne nous manqueront pas, mon capitaine, les
gens de l'hôtel sont à votre service, je vais me mettre à leur
tête.

FERDINAND.

Bien, mon brave.... si cela ne suffit pas, j'ordonne la levée
en masse de tous mes créanciers.

TRIM.

Le général sera forcé de céder au nombre.

FERDINAND.

Et de solder l'armée.... suivez-moi ; je vous expliquerai
mes projets.

Air : *Walse de Rossini.* (Barbier de Séville.)

Pour la retraite,
Que tout s'apprête ;
L'ordre est formel,
Il faut quitter l'hôtel.
Mais la victoire,
J'ose le croire,
Nous suivra, }
Et nous ramènera. }   (*3 fois.*)

TRIM.

Nous reviendrons attaquer la frontière ;

Cette conquête est pour nous un Pérou.
Ne craignons pas d'payer les frais de la guerre;
Nous n'risquons rien, car nous n'avons pas l'sou.

ENSEMBLE.

Pour la retraite,
Que tout s'apprête, etc., etc.

(*Ferdinand et Chippmann sortent ensemble.*)

TRIM, *seul.*

Oui, nous rentrerons guidés par la victoire.

SCÈNE XII.

TRIM, SCHLAG.

SCHLAG, *qui a entendu le mot victoire.*

(*A part.*) La victoire! je gage que c'est une bataille que
l'on veut faire perdre à mon général. (*haut*) En avant, pas
redoublé, marche! (*Il avance vers Trim.*)

TRIM.

Qui vive!

SCHLAG, *s'arrêtant.*

Patrouille!

TRIM.

Avancez à l'ordre.

SCHLAG.

C'est une petite manière d'entrer en conversation. Que si-
gnifient les paroles de victoire que j'ai entendues?

TRIM.

Guidés par la victoire. Est-ce que tu ne sais pas ce que
c'est?

SCHLAG.

Tartef! J'en ai vu plus d'une.... mais j'en suis revenu,
quand on a vingt années de service, quatre blessures et six
coups de feu, çà met bien du plomb dans la tête.

TRIM.

Nous pourrons encore nous voir dans la mêlée.

SCHLAG.

La mêlée, çà me rajeunit de dix ans. Mais où?

TRIM.

Ici.

SCHLAG.

Là.... le diable m'emporte si je comprends....

TRIM.

Écoute, mon ancien, ta jambe de moins ne t'empêche pas
d'être le bras droit du baron.

SCHLAG.

Après !

TRIM.

Moi, je suis celui du capitaine.

SCHLAG.

Hé bien ?

TRIM.

Donnons-nous la main de ces deux bras là, et entendons-nous.

SCHLAG.

Pour tromper ma général ?

TRIM.

Non, mais pour servir son neveu.

SCHLAG.

J'aime beaucoup la neveu ; j'aime diaplement l'oncle ; mais j'aime aussi l'honneur ; je suis au service du baron, il me nourrit ; j'ai bon appétit.

TRIM, *souriant.*

Tu as bon appétit, tant pis pour toi ; car tu seras peut-être obligé de serrer le ceinturon.

SCHLAG.

Hein ?

TRIM.

Écoute, mon ancien... je vais dîner avec mon capitaine... Souviens-toi de ce que je te dis, nous avons des projets dans la tête.

SCHLAG.

Vous avez des brochets dans la tête.

TRIM.

AIR : *du Village voisin.*

Je n'sais pas faire des fanfaronnades ;
Avant ce soir tu me comprendras mieux,
Et nous pourrons nous mesurer, mon vieux,
Sans cesser d'être camarades.
Vos vins délicats
S'ront pour nos soldats.
Pour vous faire entendre notre canonnade,
Que tous les bouchons,
Partent des flacons.
Redoublant nos coups,
Nous tirons sur vous ;
Vous êtes défaits ;
Vous demandez la paix !
Entre deux poulets,
Deux énormes brochets,
Près d'un gros pâté,
Nous signons le traité.

Vous êtes défaits;
Vous demandez la paix.
Près d'un gros pâté,
Nous signons le traité. (*bis.*)

SCÈNE XIII.

SCHLAG, *seul.*

Ah! je frémis de la tête aux pieds inclusivement. Je devine toute la conspiration; on veut nous couper les vivres. (*se retournant.*) Voilà le baron..... Ménageons sa sensibilité, et prévenons-le petit à petit. Je crains bien que ça ne lui donne un coup dans l'estomac.

SCÈNE XIV.

SCHLAG, LE BARON, STÉPHANIE.

STÉPHANIE.
Appuyez-vous sur moi, mon père.
LE BARON, *s'asseyant.*
Ah! il me semble que ça va mieux, depuis que je me suis mis en colère. As-tu demandé mon dîner?
SCHLAG.
On va le monter, général.
LE BARON.
J'ai un appétit de tous les diables! je veux me fâcher ainsi tous les jours : Schlag, tu m'y feras penser.
SCHLAG.
Ça être pas la peine.
LE BARON.
A propos de cela, tu ne m'as pas dit si mon fripon de neveu s'était résigné?
SCHLAG.
C'est tout au plus, ma général; il est sorti d'un air menaçant, et je craindrais diaplement que ça n'aller pas bien.
LE BARON.
Je serai inébranlable, et je ne consentirai jamais à ce qu'il se présente devant moi.... m'avoir fait une frayeur !!... Les coquins! (*souriant*) Je lui aurais peut-être pardonné une espièglerie dans le genre de celles que je faisais étant jeune.
SCHLAG, *riant.*
Ya, général, je me rappelle encore vos petites farces.....
Vous souvenez-vous, un jour, à Vienne, quand un mari vous a jeté par la fenêtre du deuxième étage?

LE BARON.

Tais-toi, bavard.

SCHLAG.

Il me semble encore que je vous ramasse. Vous disiez :
Ah! les coquins, il m'ont cassé en trois morceaux....

LE BARON.

Mais vois donc si l'on nous sert à dîner.

SCHALG.

J'y vais jeter le dernier coup d'œil à la cuisine. (*Il sort.*)

SCÈNE XV.

LE BARON, STÉPHANIE.

STÉPHANIE.

Un peu de patience, mon père, on va vous servir.

LE BARON.

Tu ne sais donc pas que je n'ai jamais plus faim que quand
je me suis emporté.

Air : *Chaque soir au boulevart du Temple.*

Oui, tous mes gens devraient d'avance,
Depuis long-temps en être instruits;
Mais aucun malade, je pense,
N'est servi comme je le suis.
Viendront-ils; qu'ont-ils donc à faire?
Je sens redoubler mon dépit.

STÉPHANIE.

Je comprends; vous voulez, mon père,
Doubler encor votre appétit.

LE BARON.

C'est vrai, je me modère. (*voyant Schlag.*) Hé bien! di-
nons-nous enfin?

SCÈNE XVI.

LES MÊMES, SCHLAG.

SCHLAG.

Ah! ma général, je vous l'avais bien dit, les nouvelles les
plus désastreuses.

LE BARON.

Le dîner n'est pas encore prêt.

SCHLAG.

Pire que çà, ma général; intercepté.

LE BARON.

Intercepté!....

SCHLAG.

Y'a, vous savez que la cuisine être de l'autre côté de la cour.

Hé bien ! le armée de votre neveu vient de faire saisir tous les convois.

LE BARON.

Ah ! çà, morbleu, ne plaisante pas.

SCHLAG.

Che crois même que nous allons être bloqués, car les deux portes de la rue li être fermées par des lignes de circonvallation... et impossible de faire la moindre sortie.

STÉPHANIE (*à part.*)

Ah ! mon dieu ; encore quelqu'étourderie.

LE BARON.

AIR : *J'ai vu le parnasse des dames.*

Vraiment j'admire son audace.

SCHLAG.

Cet endroit devient périlleux.

LE BARON.

Je veux lui résister en face.

SCHLAG.

Le capitaine est courageux.
Il s'en faut beaucoup qu'il badine.
l'artef, il va nous assiéger,
Et nous s'rons pris par la famine,
Au milieu d'la salle à manger.   (*bis.*)

LE BARON.

Par la famine ! ah, ce serait trop fort ! Qu'on rassemble tous mes gens ! fais appeler le maître-d'hôtel, pour savoir combien il a de personnes à son service.

SCHLAG.

Je m'en suis informé, général ; ils sont quatorze.

LE BARON.

Tous hommes ?

SCHLAG.

Ya, général, dont trois femmes et un petit garçon.
(*On entend sonner la trompette.*)

LE BARON.

Qu'est-ce que c'est que cela ?

SCHLAG, *apercevant Chippmann, qui ouvre les deux battans de la porte.*

Général, c'est un homme du parti ennemi, qui se présente aux avant-postes.

SCÈNE XVII.

LES MÊMES, CHIPPMANN.

CHIPPMANN.

Monsieur le baron, je viens en parlementaire.....

TOUS.

Un parlementaire!

LE BARON.

Quelle drôle de figure! Eh! mais, c'est mon docteur de tantôt.

CHIPPMANN.

Je viens, au nom du capitaine Ferdinand, vous apporter ce manifeste. (*Il lui présente un papier.*)

LE BARON.

Un manifeste! voilà du nouveau, par exemple; un manifeste; lis nous cela, ma fille.

SCHLAG.

Oui, lisez le manifeste.

STÉPHANIE, *lisant.*

« Nous, Ferdinand de Guerremberg, capitaine de cavalerie, « considérant que le baron de Guerremberg, notre oncle, « nous refuse la main de notre cousine, et le paiement des « dettes que nous avons faites pour soutenir notre nom com- « mun, considérant que nos raisons ont été repoussées, et que « notre dit oncle nous a défendu de franchir les portes de son « hôtel, avons décidé et décidons, pour le contraindre à nous « rendre toute la tendresse qu'il doit à un neveu soumis, de « mettre le siége devant ledit hôtel. »

SCHLAG.

J'en étais sûr.

STÉPHANIE.

Ah! mon dieu, nous allons être pris d'assaut.

LE BARON, *souriant.*

Tais-toi, et continue.

STÉPHANIE, *continuant.*

« En conséquence, nous enjoignons à tous nos créanciers « de se réunir à nous, munis de leurs effets et titres. Défen- « dons à tous fournisseurs et marchands de porter aucunes « denrées et munitions à ladite place, sous peine de saisie et « confiscation, et déclarons ledit hôtel en état de blocus. Fait « en notre quartier-général à Presbourg.

LE BARON, *de même.*

C'est bien; ce tour là me plaît.

STÉPHANIE.

Ah! mon dieu, qu'est-ce que tout ça va devenir?

LE BARON.

Allez dire au capitaine que je persiste dans mes refus, et que je l'attends de pied ferme (*Il frappe du pied et éprouve une douleur qui lui fait jeter un cri.*)

CHIPPMANN.

Monsieur le baron, j'ai aussi, pour le compte de notre petite armée, une proposition à vous faire. (*Il lui parle à l'oreille.*) payez-nous, et nous désertons en masse.

LE BARON.

Ah! traître!....

SCHLAG, *cherchant à l'apaiser.*

Un parlementaire! général, le droit des nations.

CHIPPMANN.

Général, je vais porter votre réponse au capitaine.

SCHLAG.

Je vais l'escorter jusqu'à la frontière.... Emboîtez le pas.....
(*Il le reconduit.*)

LE BARON.

Ah! monsieur mon neveu, vous voulez m'empêcher de dîner! (*Il veut se lever.*)

STÉPHANIE.

Mon père, permettez-moi.....

LE BARON.

Schlag, tu vas commencer par changer Stéphanie de poste, afin de dérouter les assiégeans.

SCHLAG.

Allons, Mademoiselle.

STÉPHANIE.

Air : *Mon cœur à l'espoir s'abandonne.*

De grâce, écoutez-moi, mon père.

LE BARON.

Avant tout il faut obéir.

STÉPHANIE.

Ne vous mettez plus en colère.

LE BARON.

Mon enfant, je te vois venir.

SCHLAG.

Comme une femme sait nous attendrir!

LE BARON.

Point de signaux d'intelligence,
Entre dans cet appartement.

SCHLAG.

Mam'zelle on peut, pour la moindre imprudence,
Vous juger militairement. (*bis.*)

STÉPHANIE. (*reprise.*)
De grâce, écoutez-moi, mon père, etc, etc.

SCÈNE XVIII.

LE BARON, SCHLAG.

LE BARON.
Viens maintenant ici, et dressons notre plan de campagne.

SCHLAG.
Me voilà au poste.

LE BARON.
Il faut d'abord tout entreprendre pour nous procurer des munitions de bouche.

SCHLAG.
Cependant, ma général, la diette li être bonne pour la goutte.

LE BARON.
Va-t-en au diable; je n'ai pas fait mon second déjeuner J'ai remarqué que l'escalier qui est de ce côté ne donne point sur la cour; c'est par là qu'il faut faire une sortie et faire entrer le dîner; je m'en charge.

(*Il fait plusieurs pas, appuyé sur sa canne.*)

SCHLAG.
Mais, ma général, vous courez comme un basque.

LE BARON.
Moi, mon vieux, j'ai presque retrouvé mes jambes de quinze ans. Le capitaine croit que nous ne pouvons plus aller, que nous sommes dans les bagages.

SCHLAG.
Il nous prend pour de la grosse artillerie.... Mais, ma général, il me semble entendre du bruit au bas de l'escalier; si c'étaient les gens du capitaine.

LE BARON.
Silence, attention; ils vont sans doute chercher à pénétrer par cette porte; c'est ce que je demande.... Montrons au capitaine ce que c'est qu'un plan de campagne, le sien ne vaut pas le diable; tu vas te placer en embuscade dans le corridor obscur par lequel ils vont entrer.

SCHLAG.
Je réponds qu'il n'en passera pas un seul.

LE BARON.
Au contraire, tu les laisseras passer.

SCHLAG.

Ya, général, et au moment du passage, je charge le centre de la colonne.

LE BARON.

Tu ne chargeras rien.

SCHLAG.

Ya, général.

LE BARON.

Tu laisseras filer jusqu'à l'arrière-garde..... Et quand il n'y aura plus personne...

SCHLAG.

J'attaquerai.

LE BARON.

Tu n'attaqueras pas.

SCHLAG.

Ya, général.

LE BARON.

Tu fermeras la porte, et nous mettrons l'armée ennemie aux arrêts... Mais je vais tâcher de descendre par cet escalier, pour réunir les gens de l'hôtel ; tu viendras nous rejoindre. (*Il marche.*)

SCHLAG.

Comment, ma général, vous allez tout seul.

LE BARON.

Tais-toi, te dis-je, jamais je ne me suis senti si dispos.

SCHLAG.

Je ne souffrirai pas.

LE BARON.

Air *du vaudeville de l'Etude.*

J'ai ma canne, sois bien tranquille,
Et si je me voyais plier,
Je saurais prendre, en homme habile,
La rampe de cet escalier.
Ne ne nous sentant |pas très-ingambes,
Marchons, mon vieux, en éclaireurs;

SCHLAG.

Oui, car en regardant nos jambes,
C'n'est pas des jamb' de voltigeurs. (*bis.*)

(*Ils sortent.*)

SCÈNE XIX.

STÉPHANIE, *entrant avec précaution.*

Je n'en reviens pas; comment! mon père va descendre tout seul, quand ce matin encore...... Oui, le voilà, je tremble à chaque instant. (*Se retournant du côté de la fe-nêtre.*) Mais, j'aperçois mon cousin au bas de cette fe-nêtre... Il me fait un signe... Non, Monsieur, je ne **veux** rien recevoir... (*Une lettre attachée par une faveur à une pierre tombe à ses pieds : elle lit*) : « A Stéphanie. » Quelle imprudence ! Personne, lisons... Moi, favoriser votre entrée ici ! (*Lisant.*) « Veuillez me dire le parti que mon « oncle a pris après avoir lu mon manifeste. » Non, Mon-sieur, non, vous ne saurez rien. (*Parcourant la lettre.*) Vous répondre promptement... Non certainement, je ne vous répondrai pas. (*Regardant sur la table.*) Pas de papier... Vous répondre ! (*Examinant la lettre de Ferdi-nand.*) Ah ! cette feuille est blanche. (*Elle sépare la feuille.*) Oui, Monsieur, je vous répondrai. (*Elle parle en écri-vant.*) Mais pour vous dire que je suis en colère ; qu'il est affreux d'obliger en ce moment mon père à descendre seul le petit escalier ; pour vous dire enfin que je ne m'engage à rien, et que je vous aime toujours... (*Elle plie la lettre et regarde l'adresse*) : A Stéphanie ; n'importe. (*Au moment où elle va pour jeter la lettre, Schlag paraît.*) Ciel, c'est Schlag !

SCÈNE XX.

STÉPHANIE, SCHLAG.

SCHLAG.

Que vois-je ! vous ici, Mademoiselle Stéphanie.

STÉPHANIE *embarrassée.*

Oui, j'étais venue... croyant y trouver mon père. (*à part.*) Comment faire parvenir cette lettre.

SCHLAG.

Et la fenêtre ouverte. Ah ! grand diable, il y a quelque chose là-dessous.

STÉPHANIE, *à part.*

Mais, j'y pense, cette adresse qui est restée peut me servir ; essayons. (*haut.*) Mon cher Schlag, je sens que je ne dois rien te cacher.

SCHLAG.

Une révélation ; parlez, mam'zelle.

STÉPHANIE.

En entrant ici, je me suis mise à la fenêtre pour admi-rer la beauté des jardins de l'hôtel, lorsque mon vint s'offrir à mes yeux....

SCHLAG.

Le capitaine, je l'aurais deviné.

STÉPHANIE.

Il me fit signe qu'il avait quelque chose d'important à me dire, en me lançant ce billet attaché à une pierre.

SCHLAG.

Un billet! (*Le prenant et lisant l'adresse.*) « A Stéphanie. » Plus de doute, le capitaine veut se ménager des intelligences dans la place. Voyons cela. (*Il veut déployer le billet.*)

STÉPHANIE, *l'arrêtant.*

Un moment; je pense qu'il serait plus prudent de la lui renvoyer sans la lire.

SCHLAG.

Vous croyez?

STÉPHANIE.

C'est ce que j'allais faire quand tu es entré.

SCLAG.

Çà demande de la réflexion.

STÉPHANIE, *avec indifférence.*

Il verra le cas que je fais de ses billets.

SCHLAG.

Ya, ya; c'est plus politique. Les femmes ont un malice quand elles veulent nous attraper. (*Allant à la fenêtre.*) Justement il est encore au bas de cette croisée. (*Parlant à la cantonade.*) Tenez, capitaine, voilà la réponse de mam'zelle Stéphanie; voilà le cas que l'on fait de vos billets. (*Il le jette en riant.*)

STÉPHANIE.

Oui, Monsieur, voilà ma réponse.

SCBLAG, *toujours riant.*

Ah! ah! la ponne plaisanterie; il croit en vérité que c'est la réponse, il la presse contre son cœur. Ah! ah! ah!

STÉPHANIE.

Mon cher Schlag, je rentre dans mon appartement pour ne plus en sortir.

SCHLAG.

Pien, Mam'zelle; moi, je vais me mettre en faction dans le corridor obscur, et les laisser entrer tous jusqu'à l'arrière garde; je rendrai bon compte au général de votre conduite dans cette circonstance. Ah! ah! ce pauvre capitaine! (*Il sort en exprimant beaucoup de satisfaction.*

SCÈNE XXI.

STÉPHANIE *seule.*

Ah! je respire. Je croyais bien ne pas en sortir....... Ce pauvre Schlag, quand j'y pense! Mais on vient, si c'était encore...

SCÈNE XXII.

STÉPHANIE, FERDINAND.

FERDINAND, *vivement.*
Ah! ma cousine, vous êtes mon ange tutélaire!
STÉPHANIE.
Comment, Monsieur, vous ici, malgré la défense.......
FERDINAND.
Vous me mandez que mon oncle a quitté votre bras pour descendre seul le petit escalier; ne devais-je pas profiter de cela pour venir vous entretenir de mes sentimens?
STÉPHANIE.
Puis-je vous pardonner votre nouvelle extravagance?
FERDINAND.
Elle a pourtant le but le plus raisonnable.
STÉPHANIE.
Nous déclarer la guerre! nous mettre en état de siége!
FERDINAND.
Oh! soyez tranquille.

AIR *de Julie.*

Toujours présente à ma pensée,
Ma Stéphanie a des droits sur mon cœur;
En vous mettant sentinelle avancée,
Le général est sûr d'être vainqueur.
Je l'avouerai, s'il compte sur vos charmes;
C'est bien agir en adroit tacticien,
Et c'est, je crois, le seul moyen
De me faire rendre les armes. *(bis.)*

SCÈNE XXIII.

LES PRÉCÉDENS, TRIM.

TRIM.
Capitaine, voilà mes grenadiers qui s'avancent.. Trois jardiniers, cinq piqueurs et quatre cuisiniers; ils ont l'habitude d'aller au feu.

FERDINAND.

Rentrez un moment, ma cousine ; bientôt mon oncle ne pourra plus me refuser votre main.

STÉPHANIE.

Mon cousin, si vous faites des prisonniers, ne m'oubliez pas. (*Elle rentre.*)

TRIM.

Elle ne demande qu'à se rendre.

FERDINAND.

Elle est charmante... J'entre dans l'appartement de mon oncle , préparer un dernier moyen de défense. (*Il sort.*)

SCÈNE XXIV.

TRIM, ENSUITE TROIS JARDINIERS, CINQ PIQUEURS, QUATRE CUISINIERS. (*Ils portent des fourches , des piques , un seul a un fusil sans chien. Trim va se mettre à leur tête ; ils marchent deux à deux.*)

CHOEUR *en entrant.*

AIR : *Travaillons*, *du Maçon.*

Avançons , (*bis*)
Mourons
De l'assurance .
L'ennemi
Boit ici
Craindre notre présence ;
Le succès
N'a jamais
Trompé notre espérance.
Avançons , (*bis.*)
Et nous triompherons .(4 *fois.*)

TRIM.

Halte ! front. De la promptitude sans précipitation, de la hardiesse sans imprudence.) *On entend un bruit de verroux.*)

UN CUISINIER.

Monsieur Trim , on nous enferme.

TRIM.

C'est qu'on manœuvre ; c'est une suite de notre plan d'attaque. (*On entend la ritournelle de l'air suivant.*) Ah ! bravo, c'est le général qui vient de ce côté , à la tête de ses gens ; il arrive à marche forcée , c'est ce que nous voullions... Mes amis , tenez ferme ; que chacun rivalise d'intrépidité et d'audace.

SCÈNE XXV.

LES MÊMES, SCHLAG, TROIS DOMESTIQUES, ENSUITE
LE BARON.

SCHLAG, *et les gens du Baron.*
AIR : *Vive le vin de Ramponneau.*
Faut-il
Se jouer du péril
Sans crainte,
Et sans contrainte;
Voir l'ennemi, le craindre peu,
Corbleu !
Pour nous, ce n'est qu'un jeu.
Feu!

*(Schlag tire un coup de pistolet en l'air, tous les hommes
de Trim tombent épouvantés.)*

LE BARON, *entrant.*

Rendez--vous, fiers combattans;
Voilà comme, en tous temps,
Je dissipe les groupes.
TRIM, *regardant ses gens.*
Faites donc des grenadiers
Avec des cuisiniers.
Ah! les mauvaises troupes !

Reprise.
Faut-il
Se jouer du péril
Sans crainte,
Et sans contrainte;
Voir l'ennemi, le craindre peu,
Corbleu !
Pour nous, ce n'est qu'un jeu.
Feu !

(Ici le Baron tire un second coup de pistolet.)
SCHLAG.
Tarteff! nous avons les honneurs da la guerre!...

SCÈNE XXVI.

LES MÊMES, FERDINAND, STEPHANIE.

FERDINAND.

Un moment, mon oncle. (*Aux cuisiniers qui sont toujours à terre.*) Relevez-vous, mes braves!... La guerre
coûte cher, même au vainqueur, et voilà un petit mémoire
de frais que j'ai l'honneur de vous présenter.

LE BARON.

Qu'est-ce que c'est?

FERDINAND.

Je l'ai rédigé en manière de consultation, et je compte le faire signer pas les quatre premiers médecins de la capitale.

LÈ BARON., *prenant le papier,*

Qu'est-ce que cela veut dire? (*Lisant.*) «Pour avoir fait « lever Monsieur de son fauteuil, tout seul et sans le secours « de personne, 15 mille florins. » Hein! (*Continuant.*) « Pour avoir fait rester Monsieur une heure debout sur ses « jambes, 15 mille florins. » Ah! par exemple.....

FERDINAND.

C'est en conscience !

LÈ BARON, *continuant,*

« Enfin, pour avoir fait descendre et monter à Monsieur « cinquante marches de l'escalier, 20 mille florins, ce qui « forme le total promis par M. le baron de Guerremberg « dans le journal de ce jour. »

STÉPHANIÈ, *lui présentant le journal.*

Mon père, voilà votre article.

FERDINAND.

AIR : *Comme il m'aimait.*

Il a marché, (*bis.*)
Le vieux guerrier qu'on voulait battre,
Il a marché (*bis.*)
Et sa valeur n'a pas bronché.
La goutte envain semblait l'abattre :
Sitôt qu'il a fallu combattre,
Il a marché. (*4 fois.*)

LE BARON, *marchant vivement et en colère.*

C'est une surprise; je ne me rends pas, je ne marche pas....

SCHLAG.

Mon général, vous allez plus vite que moi.

FERDINAND.

Ah! si vous vous fâchez, mon oncle, je ne réponds plus de rien.

STÉPHANIE.

Ecoutez votre médecin, mon père.

SCHLAG.

Ecoutez-le, général, ou il est homme à vous rendre la goutte.

STÉPHANIE.

AIR *du vaudeville de la Robe et les Bottes.*

Mon père, de ses ordonnances,
Vous ressentez déjà l'heureux effet;

Vous éprouvez moins de souffrances :
Vers notre but c'est un grand pas de fait ;
Sa médecine n'a rien qui chagrine.

LE BARON.

Ma chère enfant, je conçois ton dessein ;
Par amour pour la médecine,
Tu ne veux plus quitter le médecin.

Je ne sens presque plus de douleur.

SCHLAG.

Alors, plus de diète, ma général.

LE BARON.

Ma foi, je ris, je marche, il faut bien que je pardonne.

SCÈNE XXVII et DERNIÈRE.

LES MÊMES, CHIPPMANN, *entrant par le fond.*

CHIPPMANN.

Le dîner du général est servi dans le grand salon.

LE BARON.

En faveur de cette bonne nouvelle, vous serez payé le
premier. Ah ! je vais donc me mettre à table.

SCHLAG.

Ya, ma général, l'armée a diaplement besoin de se
refaire.

FERDINAND.

Air du vaudeville de l'Homme Vert.

Ne crains point de flammes nouvelles,
Je sais bien qu'en France en tous temps
On trouve, dit-on, les modèles
Des maris doux et complaisans ;
Mais pour l'Allemagne, je pense
Qu'on peut réclamer justement,
Car les meilleurs maris de France
Sont imités de l'Allemand. (*bis.*)

TRIM.

Un' petit' Française m'enflamme,
Et quand j'lui dis amoureusement
Que j'l'aime et qu'elle sera ma femme,
Ell' me comprend parfaitement ;
Mais en formant un' chaîne si belle,
Quand j'lui déclare absolument
Qu'il faut qu'elle soit un' femm' fidèle,
Ell' m'répond que j'lui parle Allemand. (*bis.*)

SCHLAG.

Chaque pays a son usage
Pour doubler l'ardeur du soldat,
Au Cosaque on promet l'pillage ,
Au Grec on annonc' le combat,
A l'Anglais on apporte à boire,
Au Turc on fait voir le croissant,
Au Français on montre la gloire,
Et la choucroute à l'Allemand. (*bis*.)

STÉPHANIE , *au Public*.

De peur que l'ennui ne vous gagne,
L'auteur, soumis à votre vœu,
A mis la scène en Allemagne
Pour vous dépayser un peu.
Son seul désir fut de vous plaire,
Que tout se passe doucement,
Ah! Messieurs, n'allez pas lui faire
Une querelle d'Allemand. (*bis*.)

www.ingramcontent.com/pod-product-compliance
Ingram Content Group UK Ltd.
Pitfield, Milton Keynes, MK11 3LW, UK
UKHW022222070726
13613UKWH00004B/1825